吉田敏夫句集

混沌

東奥日報社

目次

I

平成十四年一月〜十六年一月

五八句

裏口へ雪道つけしこの明るさ

冬の竹ぬきさしならぬ日の差して

仕舞はれし時間の寒き箪笥なり

大漢和擬似冬眠の吾がゐて

練りわさびむやみに効きし四温かな

得心の鴉なりけり春彼岸

初蝶に山ひらひらとありにけり

芽楓に声置きて去る四十雀

木瓜の芽の混める小つぶのすでに紅

とぶ羽虫さそひつつゆく青水輪

新郷村

蟻の穴数多ぞ十来塚へ道

うさぎ跳びして淋代の夏の涛

いたどりの剛々しきが靡くなり

弘法麦貝殻山の風のなか

夏蝶や大甕の底抜けし影

夏帽子日蔭の水の怠けをり

雀らの涼しき羽音にて一途

施餓鬼会の末座にかろく加はりぬ

射程読み切られて浴びし水鉄砲

蝶さそふ蝶ゐて晒菜升麻かな

おみくじのそこそこの運鳥渡る

もの言はぬためなる秋のサングラス

人脈にもとより遠く赤い羽根

老残といふこと南瓜にもありし

羊蹄は衰へし火のごとく枯る

破蓮にあてどなくただ行き着きし

日当る木ありて小鳥の木と呼ばむ

膝掛や騙されてゐることたのし

煤逃げに似て非なる鶏寺裏に

人間をやめ枯園を出でにけり

歳晩の何に気弱ぞメロンの香

雪国の木の強情も春隣

鏡中の鏡に春の立つ羽音

劇中に敗者ぞろぞろ春の風邪

紅梅の一枝熟年期へむかふ

白鳥に帰心うながす水の照り

鶯餅能面は無視とほしけり

さりげなく雨近づける梨の花

いきなりの水音に遇ふ初端午

研屋来て一位の花をいひにけり

行く春の鳥語飛び立つ曼荼羅図

白木蓮《はくれん》の白わつとある夕日かな

青芒嘘と分かればそれなりに

有耶無耶の虚実の間《あはひ》冷し酒

猪独活の長けて徒党を組みをれり

青木立唯々おのれ消しにゆく

向日葵の狂気林立枯れゆける

庭の木に来る山の木の鵯の数

冬立てり箒倒れしひびきより

花八つ手左へと道選びけり

減りやすき時間冬滝にもありし

冬の滝ありー切を抹殺し

鯛焼のはらわたの餡雪となる

脇役の冬帽老いて似合ひけり

竹一節一節の光凍てにけり

教会の木のしづかなり雪の鵯

丸善へ入る歳晩の人分けて

葱抜きて山また低くなりにけり

Ⅱ

平成十六年二月〜十八年一月

五四句

悼、野田尚氏　最後の出句に〈冬帽の似合ふと言はれ今日もまた〉の句あれば

早梅の今日も似合ひの帽子ならむ

高々とこゑの白鳥日へ入りぬ

果報待つ似非冬眠を決めこんで

春めくと素足が元気吐けるなり

菜の花や大甕何のためとなく

五島みどり、諏訪内晶子

春の雪チャイコフスキーを聴きくらべ

満開の桜に喚ばれをり行くな

正当としたり目刺は頭から

酒一合土筆煮て味頼りなき

わがままを決め込んでをり椿餅

剪定の空賑やかになりしなり

気の触れし葭切のゐて夜を徹す

桜の実あながち知らぬことも良き
朝顔の芽の出て紺を期待せる
思惑《おもはく》の外れつぱなしさくらんぼ

噴水の若々しくておよび腰

忽ちの老いやおはぐろとんぼにも

醜草に半日献じ抜きにけり

十月やしろき箬なる河童の手

黍嵐磁極のずれてゐたりけり

菊人形意外の疲れ垣間見え

寒き角曲りて寒き誰と誰

滝壺に水の突つ立ち凍りけり

読初の先づ頭註に拘らふ

こゑと影入り替りつつ初雀

臘梅の今にもこはれさうな色

昼は何食はう鶚鵡に雪明るし

走りたき心見え見え毛糸玉

気を入れて鳥啼き雪の本降りに

雪降るか降らぬか何とでもなるよ

雪晴の雀らフランス語にあそぶ

つひ咲いてしまひし紅梅かと見たり

佐保姫と大人の遊びしたきなり

春めくや観音の手の今日暇で

片仮名語威張つてをりぬ桜餅

花の夜の振子の死んでをりにけり

同じ木に今日も来る鳥復活祭
子雀に不機嫌の顔出しにけり
よき声のみどりしたたる柳かな

エボナイト涼し万年筆太し
てんたう虫記憶のとんでそれつきり
裏滝にあくがれて風そはそはす

氷挽く音に祭の来たりけり

藍団扇邪心ありありえてゐて

天の綸《いと》花野に色を返しけり

秋風のビル街一の一の一

鉄瓶とむかしの林檎小振りなり

扇面にをさまる山や萩すすき

言葉出て来ず拭く眼鏡寒きなり

枯蓮の意志とほしたる傾ぎやう

冬麗や手にくすくすと胡桃二個

餅の白あくがれをればやはらかし

会二三不参の風邪の年越せり

截金の寒気沈める香なりけり

Ⅲ

平成十八年二月〜二十年四月

五八句

そこいらのひかりを斂め春の雪

雪解川鴉素性をあからさま

三月の気弱いつより金平糖

四月十五日

さみしくはなし椿餅てんてんと

ひとすぢの雨けざやかに土筆原

横書きに馴染む目や手や百千鳥

戀といふ字の不恰好雀の子

八幡平　二句

雪形の生む靄うすしかつ迅し

雲の上に這松は花つばらなり

どう見ても心移りの夏帽子

詮索の外なり躑躅燃ゆるなり

何説きて鴉歩める更衣

おもだかは言葉なき花かと思ふ
かき氷一気に舌の莫迦になる
朝顔の意地懸命の紺が咲く

たたなはる雲の明るし残り海猫

引き際を外せし案山子立ちをりぬ

小半日をさまらぬ腹茶が咲きぬ

柿梯子鏡はみ出て掛かりをり

鴨の水尾分相応が定まりぬ

竹と松結ひ禅寺の年用意

梟に遇ひしことなし憧るる

寒日和人にも羽音ありとせし

間に合つて一花春立つ日の椿

ばらばらの思考深みに春浅き

雪代の音の遅速の速しばし

春愁の舐めて変形切手なり

四月一日ホワイトアスパラガス白く
椅子深く引く囀りを聴くために
桜散る神の差配の風の中

冷麦や昵懇の雲視野に置き

一日の真ん真ん中の蟻地獄

雀らのさはさはとをり青楓

蛇が首その気になつてもたげけり

ほととぎす記憶ときどき飛びにけり

額咲きていよいよくらき旧家かな

ペット屋の大き片蔭出でがたき

竹の声あつまつてゐる七日盆

くろぐろと拭きこむ板間胡瓜揉

秋扇まんまと筋に引き込まる

嫌はれし気がするそんな日のカンナ

今日誰も来ぬ筈木槿咲きにけり

白桃と折り合ふ水の重さなる

十月の第一週の大漢和

噯にも出さぬ本心蓮枯るる

からからと干餅の色風の色

退屈な空間外套掛空いて

地下街の冬の金魚の血気かな

冬山の齢古りゆく又減りゆく

山ばかり見て節分の鳥となる

感嘆符つきのこゑあげ梅ひらく

をりをりに風吹く木あり恋の猫

啓蟄や天にトンネル地にトンネル

ほうと香の立つ三月の鉋屑

ホテル製クッキーかろく朧なり

雲切れし山連なりぬ花林檎

惜春の雨たつぷりと塔濡らす

関節注射打つて霞を食ひにゆく

Ⅳ

平成二十年五月～二十二年四月

五八句

犬ふぐりこんなに星の墜ちしとは

けふ頭わるき日ならむ藤の花

滝の音滝をはなれてばかりなり

葭切のをさなき声のさつきから

夏つばめ橋脚五本目が贔屓

計算になき死朝顔苗植うる

反論の余地まだありぬ書を曝す
宝飾時計時間冷房されてをり
蜩や記憶いちまいづつ剥がれ

泳ぎ来し蹼を捨て去りにけり

朝見ても昼見ても藪からしなり

母の忌の八月尽くる箒の柄

栗落つる一番奥の小さき墓

大根を抜くやしあはせさうな穴

それぞれの時間分厚き柿落葉

初冬やからすが隠す氏素性

引き出してストーブに役与へけり

99の会句集刊行祝賀句会

時を得て椿に蕾わいわいと

草の実を飛ばすどうなるものでもなく

悪ぶってみても初鴉と呼ばる

寒中寒東洲斎の眄《ながしめ》も

鮟鱇のへたつて吊られしにあらず
塩引の鹹きをなんのかの言ふな
冬服に秘密うずうずしてゐたり

早梅やゆるみて眼鏡たよりなき

わが俳句誕生日、蕪島

二月六日どうにか晴れて海猫の空

滝の神無韻の氷柱飾りけり

春の滝雄ごころも又よみがへる
鶯餅読めぬ空気もそれなりに
春の風裏庭のすみずみにまで

三枚の田に水入りぬ風入りぬ

半纏木咲きぬ晩年然りげなき

父の日のあそび仕事に精を出す

姫女苑夕日だんだんざらざらす

白玉ややうやく馴染む珊瑚数珠

ペン立のいつものの位置の薄暑かな

験よきかキャベツの捨葉大なるは

いみじくも朝顔小さき紺ばかり

ぬけぬけと通る鴉や夏の風邪

ハンカチや話思はぬ飛躍して

弘前城

武者返し睡蓮一花見せにけり

日盛りの川こころなき杭二本

出足そがれし流灯も加はりぬ

栗笑むやまだまだ朝の風の中

花言葉むらさきしきぶにもありぬ

風小僧すすき原にて落ち合ふか
枯蓮にそれなりの水したがひぬ
日本の詩は縦書き八つ手咲く

いてふ樹齢四百年の落葉たり

牡蠣啜り時間まだまだあるつもり

枝折戸を押し竹林に入る冬日

裸木の微苦笑に日のとびつきぬ

おもしろく解熱剤効きサイネリア

白梅ややややけに明るき蔵の窓

雪解風本気に吹いてをりにけり

戸来澄子さん結婚

はつはつと早梅も又旅に似る

梅ひらき空に見えくる水の景

雉の子も臨済門につらなるか

V

平成二十二年五月〜二十四年十二月

六四句

初夏のレタスちぎつて浮かせけり

青嵐ひようと振る手の何か言ふ

栗の花風のたまつてをりにけり

硝子屋のまさみしきなり旧端午

前書に句の負けてゐて桜の実

堪へ性なきハンカチの白なりけり

定まらぬ風の起点や土用入

遠花火ある筈の音なくひらく

宮崎芳子さん、ご主人葬儀

その人の覚悟涼しき空の青

端居して何と容易く時間減る
コスモスや白川学の端つこに
あざやかに詩となる言葉梨を剥く

掠奪のごとく案山子の抜かれけり

マリオネット疲れて座る秋の暮

月渓山南宗寺様落葉焚

台風のあとぱつたりと雀来ず

鯛焼や晩年なんと半端にて

黄落や知慧もなく刻費やすよ

読点にこだはつてをり八つ手咲く

悼、須藤省子さん

今はただ花の頃には会ひたしと

悼、瀬知和子さん

翁忌を三日過ぎにし日脚なる

禽さへもゆるさぬ木あり雪の村

えんぶりの大き焚火に入れてもらふ

えんぶりに刻盈ちて日の躍り出づ

取り分けて鶯餅の黄粉かな

心ならずして青き踏む次第なり

絶妙のところ得たりし今年竹

巣立鳥わが辞書好きを囃せるか

卯波立つ義経記にその後ありて

雪形を過るに無音どの鳥も

雉の子の不意をくらひし目なりけり

夏に入る竹と竹よき距離もつて

あらましは知つてのとほり柿の花

水の音生きて青嶺となりにけり

嬉々としてしらねあふひの朝の色

ぼんやりと掛かる梯子や更衣

さみしさの顳顬にありカラジューム
銀河水系ほとりにキャンプしてみたし
かぶと虫汽笛の逸れて行きにけり

梨食へり惜命板画巻見つつ
秋風の誘ひて箒転けにけり
西の池蓮出色の花得たる

言外の意志もて降れる木の実なり

何はともあれ波郷忌の柿は買ふ

海鼠食ふ油断も隙もなき人と

原研哉氏の

日本のデザインこれを読初め

横手　三句

かまくらの燭の揺るるは誰か過ぐ

かまくらの灯や星空を遠ざくる

昇き上げてぼんでんは青空のもの

根開きやこのごろ頓に筆不精

初雲雀土管どこまで積むつもり

朧月鸚鵡眠たくなつてをり
しろやまぶき矢鱈に先を争ふよ
天使魚の口こもこもとものを言ふ

ふろしきをたたみ涼しくゐたりけり

研ぎあげて刃物うつくし夏木立

夏の山見ゆる一番隅の椅子

虫の夜の日本といふ小さき国

姫女苑団地老い様まざと見え

検察庁通用門のさるすべり

虫の音と屈託ともにしてゐたり

星流れ二階の軽くなりにけり

新米を磨ぐ肘張つてさやさやと

敵味方なくごちやごちやと烏瓜

Ⅵ

平成二十五年一月～二十六年十二月

六八句

初風の地球ふはふはして来たり

餅花や径ゆるやかに岳へゆく

山眠る鳥もけものも消し去つて

あかばなまんさくぴらぴらと咲《わら》ひけり
ゆつくりと地球回れる雨水かな
ものの芽に讃《ほめ》歌《うた》影となりにけり

揚ひばり遠心力の圏外に
三鬼忌のフランス装の軽きこと
しろつめくさ宇宙の端つこに遊ぶ

種を蒔く素直な畝の一本に
揚雲雀まぶしき空を独り占め
よしきりや葦叢なりに川曲がり

知らぬ間に夕刊の来てほととぎす

八幡平　五句

雪形と谺あそべる鳥の声

雪渓へ切れ落ちし風あばれけり

鶯に汚れきはまり雪残る

残雪と底ひ同じに囀れる

岩つばめ雪渓のなほ痩せにけり

風鈴の真面目過ぎるを聞きをりぬ

うみどりと話のつきて土用波

島守　十句

姫女苑雨の気配を読み取りて

山越えて片脚うすき秋の虹

檀の実風寄り道をして行けり

水鳥の曳く秋の水尾しづかなり

どの薄となく疲れの見えにけり

鐘楼へ径出来はじめゐのこづち

葦《あし》原《はらの》中《なかつ》国《くに》なん稲架の景

懸大根山と山の日鬼ごつこ

種取りの玉蜀黍に日の厚し

新蕎麦粉しくと重きを買ひにけり

原作を逸れゆく筋や梨を剥く

霜の花玻璃にて光収まりし

田の神の山へ還りぬ新豆腐

森の会合同句文集刊行

どの径も森を目指せる木の実かな

登四郎に霜の箒の句ありけり

竹負ひて僧一人来る嚔かな

老いし顔もて万両の辺り掃く

竹林に杼のごとく雪飛べりけり

大雪の熊野がこころ占めゐたり

雪掃きて物影うすくうごかしぬ
室咲きの名の片仮名のにぎやかに
それとなき風水仙に吹いてをり

百千鳥少女は高く弓はこぶ
雪解風いつせいに橋浮き立たす
融雪期私したき山ばかり

凍解きし川の運べる山の影

耕すはなぐさみに似て一日あり

試みに一畝とんで牛蒡蒔く

草餅を食ふに五感を結集す

花蘇枋意地見せて影拒みゐる

末席と決め初蝶に従ひぬ

鉄瓶のこよなき音なり柏餅

春眠の浮力の勝つてをりにけり

逃水にまたも怪訝の男の子

草餅やぽかつと一つ席空いて

海胆採の二本の脚の潜りけり

うみねこの生後三日の嘴遊ぶ

葭切やはつきり見えて雨の線

ルピナスのみち竜宮に入るところ

マネキンの汗なき顔の運ばるる

ひぐらしの森の出口の素朴なり

桔梗入るる小さな桶の出番かな

蕃茄浮き水の切れ味匂ひけり

竹叢を出しぶる風の秋となる

光捨て切つて落葉となりにけり

葛湯吹くうるさき星を吹くごとく

榧の実の自説枉げずにこぼれをり

花八つ手日暮すばやく来てをりぬ

あとがき

今回、お誘いをいただき東奥文芸叢書の一編に加えていただくことになった。種々検討の結果、前句集「素《しろ》」以降の句をまとめることにした。十三年が経っている。三六〇句を作句年代順を基本に配列した。

昭和五十九年五月、「青嶺」創刊のことばで、木附沢麦青主宰は「各人各様、それぞれの花を咲かせよう」をその目標の大きな柱として掲げた。当然、私もそれに添って努力を重ねてきたつもりである。しかし、抜き出した句を見ると忸怩たる思いにとらわれてしまった。さしたる向上も変化も特に認められないように思った。ただ独り善がりに陥っていただけだったのだろうか。しばらくはこの宿題に悩まされることになりそうである。

このような思いから、集名は「混沌」とした。いつ、混沌とした中に澄んだ流れが見えてくるのだろうか。苦しい、悩ましいといえばそうだが、楽しみでもある。

今回の出版に際し、木附沢麦青先生には折りに触れてご配慮、ご助言をいただくことができた。ありがたいことであった。又東奥日報社出版部の工藤氏にはいろいろご面倒をお掛けした。お力添えをいただいた方々と家族の協力には心から感謝をしている。

平成二十七年三月

吉田　敏夫

著者略歴

吉田　敏夫（よしだ　としお）

昭和十六年八戸市生まれ。小学校入学直後、股関節炎のため三年間休学。高校卒業間近かの三十六年、偶然手にした水原秋桜子「俳句の作り方」により俳句入門。「馬酔木」「鶴」「沖」に学ぶ。八戸俳句会「北鈴」同人を経て、五十九年木附沢麦青主宰（現、代表）「青嶺」創刊同人、運営委員。四十四年八戸俳句会賞。六十一年、第二回青嶺賞。平成十四年句集「素」及び「海猫来る日抄」上梓。十五年八戸市文化賞。現在、公益社団法人俳人協会会員、同青森県支部幹事、青森県俳句懇話会理事。俳句のまち八戸・学生俳句大会選者。

住所　〒〇三九—一一六七
八戸市大字沢里字休場二五—七
電話　〇一七八—四三—八五一二

東奥文芸叢書　俳句17

吉田敏夫句集　混　沌

発　行　二〇一五（平成二十七）年五月十日
著　者　吉田敏夫
発行者　塩越隆雄
発行所　株式会社　東奥日報社
〒030-0180　青森市第二問屋町3丁目1番89号
電　話　017―739―1539(出版部)
印刷所　東奥印刷株式会社

ISBN－978－4－88561－191－9　C0092　¥1200E

東奥日報創刊125周年記念企画

東奥文芸叢書　俳句

加藤　憲曠　新谷ひろし
藤田　枕流　野沢しの武
草野　力丸　工藤　克巳
畑中とほる　吉田千嘉子
竹鼻瑠璃男　高橋　千恵
土井　三乙　徳才子青良
三ヶ森青雲　橘川まもる
福士　光生　田村　正義
吉田　敏夫　小野　寿子
浅利　康衞　木附沢麦青

（第一次配本20名、既刊は太字）

東奥文芸叢書刊行にあたって

青森県の短詩型文芸界は寺山修司、増田手古奈、成田千空をはじめ日本文学界をリードする数多くの優れた文人を輩出してきた。その流れを汲んで現代においても俳句の加藤憲曠、短歌の梅内美華子、福井緑、川柳の高田寄生木など全国レベルの作家が活躍し、その後を追うように、新進気鋭の作家が次々と現れている。

1888年（明治21年）に創刊した東奥日報社が125年の歴史の中で醸成してきた文化の土壌は、「サンデー東奥」（1929年刊）、「月刊東奥」（1939年刊）への投稿、寄稿、連載、続いて戦後まもなく開始した短歌・俳句・川柳の大会開催や「東奥歌壇」、「東奥俳壇」、「東奥柳壇」などを通じて、本州最北端という独特の風土を色濃くまとった個性豊かな文化を花開かせてきた。

二十一世紀に入り、社会情勢は大きく変貌した。景気低迷が長期化し、核家族化、高齢化がすすみ、さらには未曾有の災害を体験し、その復興も遅々として進まない状況にある。このように厳しい時代にあってこそ、人々が笑顔と元気を取り戻し、地域が再び蘇るためには「文化」の力が大きく寄与することは間違いない。

東奥日報社は、このたび創刊125周年事業として、青森県短詩型文芸の優れた作品を県内外に紹介し、文化遺産として後世に伝えるために、「東奥文芸叢書（短歌、俳句、川柳各30冊・全90冊）」を刊行することにした。「文化」の力は地域を豊かにし、世界へ通ずる。本県文芸のいっそうの興隆を願ってやまない。

平成二十六年一月

東奥日報社代表取締役社長　塩越　隆雄